AF230378

FRAGMENT
D'UN MANUSCRIT
INTITULÉ

Réflexions sur l'impossibilité de rendre la France heureuse et florissante en conservant la dette énorme qui pèse sur elle. — Nécessité d'en éteindre rapidement la majeure partie. — Moyens faciles d'y parvenir.

AVEC CES DEUX ÉPIGRAPHES:

Mala publica in plebem recidunt. Phæd.

Français ! dédaignez l'esprit que le bon sens désavoue.

LYON,

IMPRIMERIE DE BOURSY, PLACE DE LA FROMAGERIE.

1819.

Moyens d'éteindre, en peu de temps, la majeure partie de la dette actuelle de la France.

LES dettes de la France étoient de diverses natures; elles se trouvent maintenant presqu'entièrement réduites à une seule, par la conversion qui en a été faite en contrats de rente perpétuelle, autrement dits *bons des cinq pour cent consolidés*, ou encore *bons de la dette consolidée*.

Ces bons sont au capital de cent francs pour cinq francs de rente. Ils sont transmissibles ou négociables, et se vendent librement à plus ou moins de perte du capital. Le prix en étant, de cette manière, variable, est chaque jour publiquement fixé et constaté à la Bourse de Paris. Ce prix ainsi fixé et constaté, est ce qu'on appelle *Cours des effets publics*.

On a bien formé un établissement qui, au moyen d'une somme qui lui est annuellement fournie, est chargé de racheter une partie des effets publics, et d'en diminuer ainsi la masse à la longue. Mais cette masse est si considérable, et les prix auxquels il sera possible de racheter, tellement indéterminés, qu'on ne sauroit fixer d'avance le terme, certainement encore très-éloigné, d'une aussi effrayante opération.

Qui oseroit maintenant répondre qu'en attendant ce terme incertain, le peuple Français puisse, dans sa détresse toujours croissante, soutenir la surcharge énorme d'impôts à laquelle il a été soumis, autant pour faire face au rachat des effets publics dont on vient de parler, qu'aux intérêts toujours subsistans de la totalité de la dette?

Qui oseroit également se flatter que, de nouveaux besoins ou des malheurs imprévus, en rendant nécessaires des sommes qu'il seroit impossible de se procurer au moyen des impôts, on ne soit obligé d'avoir recours à de nouveaux emprunts, et qu'au milieu de circonstances encore moins favorables que celles où les Anglais se sont trouvés, nous ne soyons, comme eux, conduits à augmenter nos dettes au lieu de les diminuer ?

Enfin, quel est le porteur d'effets publics qui, agité tantôt par l'espérance, tantôt par la crainte, ne gémisse souvent sur sa position, et ne redoute en secret que, les besoins pressans et impérieux de l'Etat ne l'emportant enfin sur toute autre considération, on n'achète le salut public au prix de la ruine de quelques particuliers ?

D'un autre côté, en considérant bien les choses sous leur véritable point de vue, il paroît peu digne de la France et du caractère généreux de ses habitans, de voir convertis en un jeu, ses moyens d'emprunt et de libération. Faudra-t-il donc que son gouvernement, dont tous les actes devroient porter l'empreinte de la grandeur et de la majesté, soit réduit à descendre à ces combinaisons serviles qui doivent assurer ou déranger le succès de ses opérations financières ? Faudra-t-il que, joueur lui-même, il entre en lice avec la masse entière des autres joueurs, et que, s'appauvrissant de leurs gains ou s'enrichissant de leurs pertes, il soit le premier, par les chances successives de hausse et de baisse, à tenir les esprits, les fortunes, les intérêts dans une mobilité continuelle, à sacrifier aux vils calculs de la cupidité, les intérêts de ceux-mêmes qui ne prennent aucune part à ce trafic honteux ; à entretenir enfin cet esprit inquiet et hasardeux, funeste avant-coureur des révolutions ?

Non, il n'en sera point ainsi : un changement heureux se prépare. Notre gouvernement a bien pu se trouver forcé de reconnoître les dures lois de la nécessité ; il a bien pu, dans l'espoir d'obtenir peut-être des effets plus prompts, recourir à des mesures onéreuses et incertaines : mais il en reconnoît tout le danger. Il veut leur en substituer d'autres qui, à divers grands avantages, joindront encore celui d'être régulières et invariables. Elles sont tout à la fois l'ouvrage de sa loyauté, et le moyen de remplir ses intentions paternelles. Les résultats heureux qu'elles promettent, vont ranimer tous les-esprits et fixer toutes les espérances. Ces mesures sont simples autant qu'infaillibles, et le gouvernement pourra aisément les porter à la connoissance du public par l'adresse suivante.

FRANÇAIS!

Quatre milliards de dettes pèsent sur vous : l'intérêt annuel de ces dettes et les sommes destinées à leur amortissement successif, sont un fardeau qui excède presque vos forces, et que nous désirons alléger.

Des circonstances malheureuses que nous ne rappellerons point, ont forcé de recourir à des emprunts qui ont été remplis à des conditions peu favorables. En échange des sommes reçues, il a été délivré des bons de rente perpétuelle sur le pied de cinq francs pour cent; mais avec le sacrifice d'une partie plus ou moins considérable du capital.

Ce sont ces mêmes bons de rente qui, étant transmissibles, se négocient et se vendent journellement à un prix plus ou moins élevé, dont nous avons résolu de retirer la presque totalité à un prix fixe, et dans un espace de temps convenu et déterminé.

Ce prix pourroit être celui de 66 francs qui est fixé par le cours actuel, attendu sur-tout que nous avons presque généralement cédé ces bons à moins. Cependant notre intention étant que chaque particulier trouve son avantage dans l'avantage général, et ait plutôt à se louer qu'à se plaindre des mesures que nous prenons, nous avons arrêté que ce prix seroit de 80 francs, intérêts compris, pour le retirement qui aura lieu dans la présente année 1819, et de 80 francs, indépendamment des intérêts, pour tous les retiremens qui auront lieu dans les années suivantes.

A l'approche de chaque retirement, il sera décidé, par

la voie du sort, de tous les bons qui devront en faire partie: jusques-là, ces bons seront transmissibles ou négociables, et l'intérêt en sera payé au même taux et de la même manière que le tout a eu lieu jusqu'à ce jour.

Voulant aussi que ceux qui , par des circonstances quelconques, seroient devenus propriétaires de ces bons à un cours plus élevé que 80 francs , puissent rester créanciers de l'Etat, s'ils le désirent, nous exceptons des retiremens ci-dessus, une somme de six cents millions, du rachat de laquelle on ne pourra s'occuper que lorsque les trois milliards quatre cents millions formant le complément de la dette, auront été entièrement retirés. Ce rachat, au surplus, quand il aura lieu, ne se fera plus au prix de 80 francs, mais seulement au cours qui sera, dans le temps, fixé à la bourse de Paris.

Les six cents millions de bons dont il vient d'être parlé, devant rester parfaitement distincts des autres , seront remplacés par de nouveaux bons qui ne différeront absolument des premiers, que par leur montant qui sera toujours une somme ronde. 120 millions de ces bons, pourront être de la rente de 500 francs; 300 millions, de celle de 1,000 francs, et les 180 millions restans, de celle de 1,500 francs , ce qui donnera un nombre total de trente-trois mille bons.

A partir d'une époque qui sera prochainement indiquée, tout propriétaire de bons de rente, sera admis à faire sa déclaration qu'il désire rester créancier de l'Etat; ses bons lui seront en conséquence échangés. La différence qui pourroit exister dans le montant des sommes portées par les bons à échanger, sera bonifiée de part ou d'autre en argent, à raison de 80 pour cent (1).

____

(1) Il est bien entendu que, dans les bureaux où ces échanges devront être effectués, il ne sera donné de l'argent en retour pour raison de la différence des sommes, qu'autant qu'il en auroit été déjà versé par les particuliers dans les échanges qui auroient pu avoir lieu précédemment.

On ne recevra de déclarations, que jusqu'à la concurrence des six cents millions à échanger. Mais si les déclarations devoient rester au-dessous de cette somme, on y
suppléeroit en appliquant à la consommation de l'échange,
les bons qui resteroient en circulation après l'achèvement
des retiremens dont il a été question plus haut, et que le
sort n'auroit point désignés pour en faire partie.

Passons maintenant à l'exposé des moyens qui seront
employés pour liquider le reste de la dette. Cet exposé sera
simple.

Une loi solennellement rendue par les deux Chambres
et sanctionnée par le Roi, exemptera pendant dix ans entiers
et consécutifs tous les contribuables, du payement envers
l'État, de la forte moitié de l'imposition foncière, et les
assujettira à payer annuellement cette moitié à la Banque
de France, ou à ses délégués qui ne pourront être autres
que les percepteurs et receveurs actuels employés par le
gouvernement.

Cette moitié de l'imposition foncière sera répartie de
manière qu'elle forme des sommes rondes pour chaque
département, et que toutes ces sommes réunies composent
exactement celle de cent millions chaque année.

Il sera dressé des rôles particuliers pour la perception
de cette partie de l'impôt foncier; ces rôles subsisteront
pendant dix ans et seront invariables. Le montant en devra
être entièrement acquitté dans les six premiers mois de
chaque année.

En conséquence de ces rôles, chaque commune, au nom
collectif de ses habitans, fournira à son administration
départementale, dix engagemens séparés pour la somme
qu'elle aura à payer pendant dix années de suite, en
conformité desdits rôles.

Chaque département fournira à son tour, à la Banque de
France, dix engagemens généraux représentant la totalité
de ceux des communes, et montant chacun à la somme

pour laquelle le département aura été annuellement compris dans la répartition générale.

Les engagemens fournis par les départemens et montant ensemble à *un milliard*, seront renfermés et conservés dans les salles du trésor de la Banque. Ces engagemens seront, chaque année, renvoyés par dixième à leurs départemens respectifs, aussitôt que la Banque aura achevé la perception des cent millions qu'elle aura été déléguée à prendre annuellement sur le produit de l'impôt foncier.

La Banque percevra les cent millions dont il vient d'être parlé, à compter de l'année 1820 seulement. Le milliard d'engagemens devra néanmoins lui être fourni incessamment ; il servira de représentatif et de gage réel à pareille somme de billets, que la Banque sera autorisée à émettre sous le nom de *promesses foncières*, et qui devront circuler dans toute la France, concurremment avec le numéraire métallique.

Les précautions les plus sages seront prises pour la fabrication de ces promesses. Elles seront divisées en dix séries de cent millions chacune.

L'une de ces séries sera sur papier blanc, chacune des neuf autres sur papier de couleurs différentes.

Toutes les promesses seront de 250 francs ; et, dans chaque série, elles se suivront toutes par ordre de numéros depuis un jusqu'à quatre cent mille (2).

Neuf cent soixante millions de ces promesses seront

---

(2) Ceux qui désireroient connoître les précautions, ainsi que la méthode et les moyens les plus convenables à employer pour donner à une opération de cette importance toute la sûreté imaginable, pourront en prendre une idée exacte dans les ouvrages intitulés : *Moyens sûrs d'acquitter promptement et avec avantage les dettes de la France*, et *le Résultat des Moyens de finances indiqués*, etc. où l'on est entré dans les plus grands détails à cet égard. Ces ouvrages, publiés en 1817, se trouvent à Paris, chez Audin libraire, quai des Augustins, N.° 25 ; et à Lyon, chez Chambet, rue Lafont.

employés de suite par la Banque de France à racheter, au prix de 80 francs pour cent, les douze cents millions de bons de rente que le sort aura désignés pour être retirés les premiers.

Les quarante millions formant le complément du milliard, resteront au pouvoir de la Banque, et elle en aura la jouissance jusqu'au moment où un nouveau rachat de bons en rendra l'emploi possible.

Au moyen du rachat des 1,200 millions de bons ci-dessus, le gouvernement fera déjà, en 1819, une économie de cent millions, tant par les 60 millions d'intérêt qu'il aura de moins à payer, que par les 40 millions qu'il sera dispensé de fournir à la caisse d'amortissement. Ces cent millions seront remis en numéraire métallique, à la Banque de France, qui les gardera pendant onze ans sans intérêt (3). Ils seront un premier fonds pour servir à l'échange, à bureau ouvert (4), des promesses foncières contre du numéraire métallique (5).

A ces cent millions se joindront, dès les premiers mois de l'année 1820, les cent premiers millions cédés à la Banque sur l'impôt foncier. Mais à la fin de l'année, ces

---

(3) Si, à l'époque où ce rachat aura lieu, quelques intérêts avoient déjà été payés aux porteurs de bons, la Banque se les retiendra sur le remboursement qu'elle fera du prix capital. Ces intérêts lui seront portés en compte dans les cent millions, de même que les sommes employées aux opérations de rachat que la caisse d'amortissement auroit pu faire dans l'intervalle, et auxquelles la Banque sera substituée.

(4) La Banque pourroit établir des comptoirs dans les cinq principales villes de la France autres que Paris, et de simples bureaux d'échange auprès des receveurs généraux des départemens où elle n'auroit pas formé d'établissement particulier.

(5) Pour donner encore plus de facilité à cet échange, le gouvernement pourroit assujettir ses receveurs à verser à la Banque ou dans ses comptoirs, une partie de leur recette en numéraire métallique contre des bons à l'ordre du trésor public, payables à un mois de date par la Banque même à Paris.

(10)

100 millions serviront à rembourser la série entière des promesses foncières que le sort aura désignée pour l'être.

Le public n'apercevant plus parmi les promesses restantes en circulation, la couleur de la série retirée, ne doutera point qu'elle ne l'ait été exactement.

Pendant les neuf années qui suivront, et avec les cent millions qu'elle recevra dans chacune d'elles, la Banque remboursera successivement et toujours par la voie du sort, les neuf autres séries des promesses foncières.

C'est ainsi qu'en procurant à la France un excellent numéraire-papier qui, dans les circonstances présentes, lui est indispensable, le gouvernement Français sera parvenu, dans l'espace de dix années, à se former une réserve de 100 millions à la Banque, à retirer toutes les promesses foncières, à racheter 1,200 millions de bons de rente, à relever la valeur de ceux restans, à pouvoir enfin diminuer annuellement les impôts de cent millions à la fois, et tout cela avec les 100 millions seulement qui, chaque année, servoient précédemment soit à la dotation de la caisse d'amortissement, soit à payer les intérêts des 1,200 millions rachetés (6).

Mais cette opération quelqu'avantageuse qu'elle puisse paroître, étant néanmoins insuffisante pour consommer le rachat de bons de rente qu'on s'est proposé de faire, on lui en adjoindra une autre qui ne présentera ni moins d'avantages ni moins de sûretés.

Dès le commencement de l'année 1820, la Banque de France fera annoncer qu'elle est autorisée par une loi expresse, à émettre sous sa responsabilité un milliard de billets qui, sous le nom d'*obligations foncières*, devront circuler comme numéraire.

Ces obligations foncières seront toutes de 250 francs (7),

____

(6) On verra bientôt en allant plus loin, qu'à la fin de ces dix années, ce ne seront point ces 1,200 millions-là seulement, mais 1,740 millions en tout, qui auront été rachetés.

(7) S'il paroissoit nécessaire d'avoir des coupures d'une moindre

et, de même que les promesses foncières, divisées en dix séries de cent millions chacune, et sur papier de couleurs différentes.

L'émission de ces obligations foncières n'aura pas lieu tout à la fois, mais seulement par dixième d'année en année, à commencer du 1.er janvier 1821, au moyen du prêt qui en sera fait à tous propriétaires, soit de la ville soit de la campagne, qui présenteront sûreté complète et hypothèque plus que suffisante.

Il ne sera point fait de prêt au-dessous de 20,000 francs; mais les propriétaires que le peu d'importance de leurs biens, n'autoriseroit pas à faire particulièrement la demande d'une pareille somme, auront, en s'obligeant toutefois solidairement les uns pour les autres, la liberté de se réunir jusqu'à trois pour pouvoir l'obtenir.

Tous les emprunteurs, sans distinction, consentiront par-devant notaires et à leurs frais, au profit de la Banque de France, des obligations qui, duement hypothéquées,

---

somme, l'administration principale de chaque département seroit chargée, sous sa responsabilité, d'en émettre qui ne circuleroient point hors du département dans lequel elles auroient été émises. Ces coupures ne pourroient jamais représenter que des promesses ou obligations foncières, que l'administration départementale auroit réellement retirées de la circulation, en les prenant en échange de ces mêmes coupures, dont chacune porteroit la désignation de la couleur et du numéro de la promesse ou obligation de laquelle elle dérive, et en même temps qu'elle en est le premier ou le second, le troisième, le quatrième, etc. dixième. Ces coupures seroient toutes de 25 francs. On rendroit public le procès-verbal par lequel l'administration départementale auroit constaté les couleurs et les numéros des promesses ou obligations foncières retirées, ainsi que l'application faite sur chacune, du numéro du département. Ces obligations ou promesses déposées en lieu sûr, et soigneusement conservées, ne reparoîtroient plus que pour faire partie du retirement général de la série à laquelle elles appartiendroient, et toutefois après avoir servi elles-mêmes à retirer les coupures de 25 francs qui circuloient à leur place.

seront déposées en double expédition tant à la Banque
même à Paris, que dans la ville où elle établira son prin-
cipal comptoir; elles y seront conservées jusqu'à l'époque
de leur remboursement, comme le représentatif et le gage
infaillible des obligations foncières.

Les prêts seront faits pour onze ans, à raison de 4 $^1/_4$
pour cent pour les immeubles à la campagne, et de 4 $^1/_2$
pour ceux à la ville. La Banque se retiendra, dans la
première espèce de prêt, le quart pour cent pour ses frais,
et dans la seconde, le demi pour cent, tant pour ses frais,
que pour l'assurance qu'elle fournira de l'immeuble jusqu'à
la concurrence de la somme prêtée. Les quatre pour cent
appartiendront au gouvernement; ils lui seront comptés,
ou emploi en sera fait pour lui.

Au moyen de cette émission partielle et successive des
obligations foncières, il n'y aura jamais plus d'un milliard
de numéraire-papier en circulation; car il ne paroîtra
jamais une nouvelle série de cent millions d'*obligations
foncières*, qu'une pareille de cent millions de *promesses
foncières* n'ait immédiatement auparavant été retirée.

Le tableau suivant dans lequel on a cherché à présenter,
avec le plus d'exactitude possible, la marche de ces diverses
opérations et leurs rapports entr'elles, pourra servir à en
rendre l'effet plus sensible.

ANNÉE 1819.

Abandon fait par le gouvernement à la Banque, de cent
millions à prendre, pendant dix années consécutives, sur
le produit de l'impôt foncier. Fabrication des promesses
foncières, et rachat de 1,200 millions de bons de rentes.
Versement fait par le gouvernement à la Banque, des cent
millions dont il a déjà fait économie en cette année, par
suite de ces nouvelles mesures.

ANNÉE 1820.

Le milliard de promesses foncières circule en son entier.
La Banque reçoit les premiers cent millions à elle cédés sur
l'impôt foncier. Retirement, à la fin de l'année, d'une des

séries des promesses foncières, et emploi des 40 millions restans du milliard de ces mêmes promesses au rachat à 80 pour cent, de cinquante millions de bons de rente.

ANNÉE 1821.

Emission au 1.er Janvier, des premiers cent millions d'obligations foncières.

A la fin de cette année, payement fait à la Banque,

	millions.	
Par les propriétaires, de l'intérêt, à la première série de leurs obligations.	4	00
Par le trésor public , de l'intérêt aux 50 millions déjà rachetés.	2	$^{1}/_{2}$
La Banque conservera la jouissance de ces .	6	$^{1}/_{2}$

Les cent millions de promesses foncières retirés à la fin de chaque année, se trouvant régulièrement remplacés au commencement de la suivante, par cent millions d'obligations foncières, on a pensé qu'il seroit inutile de continuer d'en faire mention sur ce tableau.

ANNÉE 1822.

A la fin de cette année, la Banque aura,

		millions.	
1.º la somme restante en son pouvoir, de 1821.		6	$^{1}/_{2}$
2.º des propriétaires, les intérêts aux deux premières séries de leurs obligations. .		8	00
3.º du trésor public, les intérêts aux 50 millions déjà rachetés.		2	$^{1}/_{2}$
EN TOTAL. . . .		17	00
La Banque rachètera 20 millions de bons pour.		16	00
Et conservera la jouissance de.		1	00

A la fin de 1823, la Banque aura,   *millions.*

1.° la somme restante de 1822.   1   00

2.° les intérêts aux trois premières séries des obligations.   12   00

3.° les intérêts aux 70 millions déjà rachetés. . . . .   3 $\frac{1}{2}$

            EN TOTAL. . . .   16 $\frac{1}{2}$

La Banque rachétera 20 millions de bons pour.   16   00

Et conservera la jouissance de. . . . . .   00 $\frac{1}{2}$

A la fin de 1824, la Banque aura,   *millions.*

1.° la somme restante de 1823. . . . .   00 $\frac{1}{2}$

2.° les intérêts aux 4 premières séries des obligations.   16   00

3.° les intérêts aux 90 millions déjà rachetés. . . . .   4 $\frac{1}{2}$

            EN TOTAL. . . .   21   00

La Banque rachétera 20 millions de bons pour.   16   00

Et conservera la jouissance de.   5   00

A la fin de 1825, la Banque aura,   *millions.*

1.° la somme restante de 1824.   5   00

2.° les intérêts aux 5 premières séries des obligations.   20   00

3.° les intérêts aux 110 millions déjà rachetés. . . . .   5 $\frac{1}{2}$

            EN TOTAL. . . .   30 $\frac{1}{2}$

La Banque rachétera 30 millions de bons pour.   24   00

Et conservera la jouissance de. . . . . .   6 $\frac{1}{2}$

A la fin de 1826, la Banque aura,   *millions.*
1.º la somme restante de 1825. . . . . 6 $^1/_2$
2.º les intérêts aux 6 premières séries des obligations. 24 00
3.º les intérêts aux 140 millions déjà rachetés. 7 00

           En Total. . . . . 37 $^1/_2$

La Banque rachètera 40 millions de bons pour, ... 32 00

Et conservera la jouissance de. . . . . . 5 $^1/_2$

A la fin de 1827, la Banque aura,   *millions.*
1.º la somme restante de 1826. . . . . . 5 $^1/_2$
2.º les intérêts aux 7 premières séries des obligations. 28 00
3.º les intérêts aux 180 millions déjà rachetés. 9 00

           En Total. . . . . 42 $^1/_2$

La Banque rachètera 50 millions de bons pour. 40 00

Et conservera la jouissance de. . . . . . 2 $^1/_2$

A la fin de 1828, la Banque aura,   *millions.*
1.º la somme restante de 1827. . . . . . 2 $^1/_2$
2.º les intérêts aux 8 premières séries des obligations. 32 00
3.º les intérêts aux 230 millions déjà rachetés. . . . . 11 $^1/_2$

           En Total. 46 00

La Banque rachètera 50 millions de bons pour. 40 00

Et conservera la jouissance de. 6 00

A la fin de 1829, la Banque aura,   *millions.*
  1.º la somme restante de 1828.   6   00
  2.º les intérêts aux 9 premières séries des
    obligations.   36   00
  3.º les intérêts aux 280 millions déjà ra-
    chetés.   14   00

            E N   T O T A L.   56   00

La Banque rachètera 70 millions de bons
  pour.   56   00

Et conservera la jouissance de.   00   00

A la fin de 1830, la Banque aura,   *millions.*
  1.º la somme restante de 1829.   00   00
  2.º les intérêts aux 10 séries des obligations.   40   00
  3.º les intérêts aux 350 millions déjà ra-
    chetés. . . . .   17 $^1/_2$
  4.º les 100 millions en son pouvoir depuis
    11 ans (8).   100   00

            E N   T O T A L. . . . .   157 $^1/_2$

La Banque rachètera 190 millions de bons
  pour.   152   00

Et conservera la jouissance de. . . . .   5 $^1/_2$

A cette époque, 1,740 millions de bons en tout, y
compris les premiers 1,200 millions, auront été rachetés ;
et le gouvernement pourra aux diminutions d'impôt que
ses économies l'auront mis dans le cas de faire dans l'inter-

____

(8) Déjà, avant le moment où la Banque sera tenue de faire
emploi de ces 100 millions, le gouvernement se sera occupé des
moyens de les lui remplacer par une somme au moins égale, afin
qu'elle conserve toujours les mêmes facilités, pour l'échange, à
bureau ouvert, des obligations foncières contre du numéraire
métallique.

valle

valle, y en joindre tout-à-coup une de 100 millions à la fois ; attendu que, par le remboursement complet et final des promesses foncières, il n'aura plus rien à fournir à la Banque sur le produit des impôts.

On devra également remarquer, que ce n'est point à la fin de cette année, mais seulement à la fin de la suivante, qu'on commencera à rembourser par dixième les obligations foncières, avec le montant du remboursement que les propriétaires feront eux-mêmes de leurs obligations hypothéquées. En conséquence de ces remboursemens successifs, la Banque aura, chaque année, 4 millions d'intérêts à recevoir de moins.

A la fin de 1831, la Banque aura, *millions.*
1.º la somme restante de 1830. . . . . . .   5 $^{1}/_{2}$
2.º les intérêts aux 10 séries des obligations. 40 00
3.º les intérêts aux 540 millions déjà rachetés. 27 00

             EN TOTAL. . . . . 72 $^{1}/_{2}$

La Banque rachètera 90 millions de bons pour. 72 00

Et conservera la jouissance de. . . . . 00 $^{1}/_{2}$

A la fin de 1832, la Banque aura, *millions.*
1.º la somme restante de 1831. . . . . . . 00 $^{1}/_{2}$
2.º les intérêts aux 9 séries restantes des obligations. 36 00
3.º les intérêts aux 630 millions déjà rachetés. . . . . 31 $^{1}/_{2}$

             EN TOTAL. 68 00

La Banque rachètera 80 millions de bons pour. 64 00

Et conservera la jouissance de. 4 00

A la fin de 1833 , la Banque aura,   *millions.*

  1.º la somme restante de 1832.   4   00

  2.º les intérêts aux 8 séries restantes des obligations. 32 00

  3.º les intérêts aux 710 millions déjà rachetés. . . . .   35 $\frac{1}{2}$

  4.º pour autant que fournira le trésor public. . . . .   00 $\frac{1}{2}$

              E N T O T A L. 72 00

La Banque rachètera   90 millions de bons pour. 72 00

Et conservera la jouissance de. 00 00

A la fin de 1834 , la Banque aura,   *millions.*

  1.º la somme restante de 1833. . . . .   00 00

  2.º les intérêts aux 7 séries restantes des obligations. 28 00

  3.º les intérêts aux 800 millions déjà rachetés. 40 00

              E N T O T A L. 68 00

La Banque rachètera   80 millions de bons pour. 64 00

Et conservera la jouissance de. 4 00

A la fin de 1835 , la Banque aura,   *millions.*

  1.º la somme restante de 1834. . . . .   4 00

  2.º les intérêts aux 6 séries restantes des obligations. 24 00

  3.º les intérêts aux 880 millions déjà rachetés. 44 00

              E N T O T A L. 72 00

La Banque rachètera   90 millions de bons pour. 72 00

Et conservera la jouissance de. 00 00

A la fin de 1836 , la Banque aura ,   *millions.*
  1.º la somme restante de 1835.   00   00
  2.º les intérêts aux 5 séries restantes des
    obligations.   20   00
  3.º les intérêts aux 970 millions déjà ra-
    chetés. . . . .   48 $1/2$

            E N T O T A L . . . . . 68 $1/2$

La Banque rachètera   80 millions de bons
pour.   64   00

Et conservera la jouissance de. . . . . . . 4 $1/2$

A la fin de 1837 , la Banque aura ,   *millions.*
  1.º la somme restante de 1836.   4   1/2
  2.º les intérêts aux 4 séries restantes des
    obligations.   16   00
  3.º les intérêts aux 1050 millions déjà ra-
    chetés. . . . .   52 $1/2$

            E N T O T A L 73   00

La Banque rachètera   90 millions de bons
pour.   72   00

Et conservera la jouissance de. 1   00

A la fin de 1838 , la Banque aura ,   *millions.*
  1.º la somme restante de 1837.   1   00
  2.º les intérêts aux 3 séries restantes des
    obligations.   12   00
  3.º les intérêts aux 1140 millions déjà ra-
    chetés.   57   00

            E N T O T A L 70   00

La Banque rachètera   80 millions de bons
pour.   64   00

Et conservera la jouissance de. 6   00

A la fin de 1839, la Banque aura,   *millions.*

1.° la somme restante de 1838.   6   00

2.° les intérêts aux 2 séries restantes des obligations.   8   00

3.° les intérêts aux 1220 millions déjà rachetés.   61   00

EN TOTAL. . . .   75   00

La Banque rachétera 90 millions de bons pour   72   00

Et conservera la jouissance de.   3   00

A la fin de 1840, la Banque aura,   *millions.*

1.° la somme restante de 1839.   3   00

2.° les intérêts à la dernière série des obligations.   4   00

3.° les intérêts aux 1310 millions déjà rachetés. . . . .   65 $^{1}/_{2}$

EN TOTAL. . . . .   72 $^{1}/_{2}$

La Banque rachétera les 90 millions de bons restans pour.   72   00

Et conservera la jouissance et la PROPRIÉTÉ de   00 $^{1}/_{2}$

On voit d'après ce tableau, qu'à la fin de l'année 1840, il n'y aura non-seulement plus de numéraire-papier en circulation; mais encore, qu'au moyen des 600 millions de bons volontairement conservés, et des 2,600 millions rachetés jusqu'à cette époque, il n'en restera plus que 800 millions à racheter.

Mais ces 800 millions pourront, à raison de 80 millions par année, être facilement rachetés en dix ans. 64 millions pris annuellement sur les 70 qui faisoient face aux intérêts des 1,400 millions rachetés en dernier lieu, seront employés pour cela. Les six millions d'excédant serviront à apporter, dès cette année, à la masse des impôts une diminution qui s'accroîtra, chacune des années suivantes, des quatre

millions d'intérêts qu'on aura à payer de moins, en conséquence du rachat partiel et successif des 800 millions de
bons.

C'est ainsi qu'au bout de dix ans, les impôts déjà diminués
annuellement de 46 millions, par suite des dispositions
précédentes, pourront l'être encore tout à la fois des
64 millions dont il a été parlé plus haut, et qui, d'après le
rachat total des bons, se trouveront dès-lors sans emploi.

En accordant, à cette époque, à la caisse d'amortissement
une dotation annuelle de 20 millions, on pourroit racheter,
au cours de la bourse de Paris, les 600 millions exceptés
primitivement du rachat. Il semble néanmoins, qu'il seroit
plus digne de la loyauté du gouvernement Français, de
les racheter au pair, c'est-à-dire, à 100 pour 100, laissant
à la charge du trésor public la continuation du payement
des intérêts qui seroient, chaque année, d'un million de
moins, par la diminution aussi annuelle de vingt millions
du capital.

Si, dans l'intervalle de ces opérations, il survenoit au
gouvernement des besoins extraordinaires, auxquels il ne
pourroit suffire par le moyen des impôts, il auroit recours
à des emprunts sur des bons de rente, qui seroient parfaitement assimilés à ceux des 600 millions conservés de
l'ancienne dette. Une imposition annuelle de la dixième
partie du nouvel emprunt, seroit invariablement affectée
à son remboursement qui se trouveroit, par conséquent,
effectué en 10 ans. Le payement des intérêts se prendroit
sur des revenus extraordinaires, ou sur des économies
auxquelles le gouvernement seroit tenu de s'assujettir
pendant tout le temps de la durée du remboursement.

D'après l'exposé des moyens ci-dessus, il seroit bien
difficile d'imaginer qu'on pût en trouver d'autres qui pré-
senteroient un résultat plus positif, plus rassurant, et
tout à la fois plus prompt et plus avantageux. Il seroit donc
à désirer qu'on voulût les employer : et pourquoi ne le
voudroit-on pas, si, loin de blesser les intérêts de qui que

ce soit, ils favorisent ceux de tout le monde ? Que de porteurs de bons de rente, qui, d'après l'état actuel des choses, intimement persuadés que leurs bons ne s'élèveront jamais à 80 pour cent, s'estimeroient heureux de s'en voir inopinément débarrassés à ce prix ! les uns, parce que le besoin les presse ; les autres, parce qu'ils sont impatiens de réaliser leurs bénéfices. Celui qui aime à jouer sur la rente, rencontrera moins de dangers dans la continuation de ce jeu perfide, et celui qui préfère la garder, en acquérant la certitude d'un capital fixe, conservera l'espérance de jouir long-temps encore des mêmes revenus.

La Banque de France chargée de diriger presque toutes les opérations, en retire de grands avantages qui, si on le juge nécessaire, peuvent être encore augmentés par des rétributions que le gouvernement pourroit lui accorder sur les fonds destinés aux frais des négociations.

Une plus grande stabilité dans le prix des effets publics, n'en apporte pas une moindre dans les affaires particulières. La marche du gouvernement s'en assure davantage, et ses transactions en deviennent plus faciles et moins onéreuses. Les peuples sont plus promptement soulagés de l'énorme fardeau des impôts; nos FORÊTS, cette ressource si essentielle et si précieuse pour nous, sont conservées; et, en même temps que les propriétaires trouvent des facilités qui tournent au profit de l'agriculture et ajoutent aux moyens de reproduction, le gouvernement s'ouvre par les bienfaits mêmes qu'il répand, une nouvelle source de revenus.

Enfin le numéraire devenu plus abondant, ramène davantage le commerce au comptant, et rend moins nécessaire cette profusion de papiers de particuliers, dont la durée bornée à peu de mois, jète toujours le négociant dans l'embarras et le force à d'énormes sacrifices, lorsque souvent, par suite du moindre événement politique, la confiance s'altérant et le crédit même le mieux mérité devenant nul, il se trouve dans la cruelle nécessité non-seulement de renoncer à en faire usage, mais encore de suspendre toutes ses opérations, et de retirer ses papiers avec des écus qu'il n'est jamais plus difficile de se procurer que dans ces momens-là.

En considérant, d'un autre côté, que les effets publics, d'après la nature et la certitude de leur remboursement, ne pourront jamais valoir moins de 80 francs, on reste convaincu qu'ils offriront à ce prix, à tous les particuliers, non-seulement un moyen de placer leur argent avec sûreté, mais encore d'en retirer l'intérêt avantageux de 6 $^1/_4$ pour cent par an.

Les propriétaires mêmes qui auroient emprunté de la Banque à 4 $^1/_4$ pour cent, pourront en attendant le moment où ils devront rembourser, se procurer, s'ils le désirent, des placemens pareils avec d'autant plus de sécurité, qu'ils seront admis à faire leur remboursement avec des bons de rente au prix de 80 pour cent.

Nous ne chercherons point à énumérer plus longuement ici, les avantages que présentent les moyens que nous avons indiqués (9). Nous avons parlé des principaux, et nous croyons qu'ils paroîtront assez considérables et assez importans, pour qu'on sente la nécessité d'adopter des moyens de l'emploi desquels ils doivent nécessairement résulter.

---

(9) Si, par les moyens indiqués ici, il ne faut pas moins de 30 ans pour payer, à 600 millions près, les dettes de la France, on jugera aisément qu'en laissant les choses sur le pied où elles sont, et en supposant même les chances les plus favorables, il faudra certainement plus de 60 ans à la caisse actuelle d'amortissement, pour amener la liquidation de ces dettes au même point; et la France qui, dans cet espace de temps, aura la somme énorme de quinze milliards environ d'intérêts à payer, ne pourra pas même se flatter d'avoir, comme dans le plan proposé, l'avantage d'obtenir la moindre diminution d'impôt dans l'intervalle.

REFLEXIONS *et considérations particulières sur ce qui précède.*

ON se persuaderoit avec peine, que des vues particulières d'intérêt ou un funeste préjugé pussent l'emporter, en France, sur cet amour du bien public dont notre gouvernement est véritablement animé, et qui doit nécessairement le porter à recourir aux moyens qui, seuls capables de satisfaire l'intérêt général, sont aussi les seuls propres à assurer la tranquillité commune, et à nous garantir enfin le retour de la prospérité et du bonheur. Les dettes sont toujours un grand mal; ceux qui, en citant l'exemple de l'Angleterre, ont osé nous dire que les Etats trouvoient dans leurs dettes une nouvelle source de richesses, ne le croyoient point, puisqu'au moment même où ils nous parloient de la nécessité de les contracter, ils nous vantoient déja le prétendu moyen infaillible de les éteindre. Si les dettes étoient une richesse, on devroit non les éteindre, mais les conserver : aussi cette assertion mensongère ne fit-elle point fortune parmi les personnes douées de quelque bon sens. Celles-ci prennent encore pour règle ce vieil adage: *Qui paye ses dettes s'enrichit*, et ne peuvent comprendre comment on peut aussi s'enrichir en en contractant.

L'Angleterre a une dette considérable, mais qui, en ce moment, l'est peut-être moins pour elle que la nôtre ne l'est pour nous. Divers avantages dont l'Angleterre seule peut se flatter, affoiblissent singulièrement la proportion de cette dette à son égard. D'abord, chaque chose a atteint chez elle un prix fort élevé. En second lieu, le commerce, pour ainsi dire, exclusif de l'univers dont elle est en possession et qu'elle sait rendre lucratif, sur-tout avec ses voisins, suffit amplement à balancer les charges que sa dette peut lui imposer; enfin son numéraire, véhicule le plus réel de sa prospérité, est d'une nature à pouvoir exister toujours dans une abondance relative aux besoins, et sans qu'une main jalouse ou ennemie puisse jamais lui porter la moindre atteinte.

On ne croira certainement point que, privée de ces avantages, l'Angleterre pût jamais soutenir le fardeau de sa dette : comment donc se flatter que la France qui n'en possède encore aucun de pareil, puisse supporter bien facilement celui de la sienne ?

Au reste, il ne suit pas de ce qu'un peuple se permet sans danger telle ou telle chose, qu'un autre peuple puisse également se le permettre. Mithridate faisoit impunément usage du poison, et l'histoire ne nous dit pas qu'aucun autre prince de son temps ait été tenté de l'imiter.

Les dettes ne conviennent à aucun Etat; on ne sauroit dire qu'on les contracte à dessein et dans des vues d'utilité, ou pour aider à de bonnes spéculations. Elles sont, au contraire, le résultat des malheurs et de l'impitoyable nécessité; elles enlèvent aux emplois souvent les plus avantageux, les capitaux qu'elles absorbent; elles coûtent des intérêts exhorbitans, qu'on arrache péniblement et à grands frais aux classes industrieuses, pour les livrer aux classes oisives: heureux encore le peuple chez qui ces dernières ne sont pas composées en grande partie d'étrangers !

Au milieu de telles circonstances, la circulation et la marche ordinaire des affaires se trouvent dérangées, les moyens et les sources de reproduction diminuent; la gêne s'accroît. L'Etat, loin d'avoir gagné, se trouve chaque jour dans une position plus fâcheuse, et tout cela est l'ouvrage des dettes.

Ce sont donc ces dettes dont il faut se débarrasser à tout prix; et les mesures que l'on prendra pour cela, seront toujours bonnes, si elles sont capables de remplir le but proposé, et si elles ont l'assentiment et l'approbation du public.

Ce ne sont point ceux qui proposent des mesures dans l'intérêt général, qui doivent être appelés à en juger. Des vues particulières d'intérêt ont pu leur faire illusion; mais ce sera toujours parmi ceux qui en doivent subir les effets, qu'on trouvera les meilleurs et les vrais juges.

N'a-t-on pas cru avoir tout fait, pour appeler la plus entière confiance sur nos bons de la rente perpétuelle ? Eh bien ! la meilleure partie du public n'en juge pas ainsi, puisqu'elle refuse à 35 pour cent de perte du capital, des bons à la rente de cinq pour cent, pour prendre au pair et à l'intérêt annuel de 3 à 3 $^1/_2$ pour cent seulement, des papiers de simples particuliers.

Les gens sages ne croient point à la solidité des effets qui ne conservent pas une valeur fixe ; ils ne se laissent point éblouir par l'appât d'un intérêt élevé, qu'ils peuvent perdre bientôt amplement sur le capital ; ils refuseroient même une propriété territoriale produisant un bon revenu, s'ils n'avoient pas la certitude d'en conserver la valeur capitale en son entier ; et ils ne mettent point de différence entre perdre 20 mille francs en bons de rente qui se réduiroient à rien, et perdre la même somme sur cent mille francs de ces mêmes bons qui éprouveroient une baisse de 20 pour cent seulement.

On ne sauroit jamais avoir une véritable confiance en des effets publics qui, n'ayant aucune base positive, changent presque continuellement de valeur et en prennent une moindre, souvent même à la suite d'événemens qui auroient dû leur en donner une plus grande. La baisse qu'éprouvèrent les nôtres, à l'époque de l'évacuation du territoire Français par les troupes alliées, n'est rien moins que propre à affermir cette confiance, et les traces des maux qu'elle causa, en perpétueront long-temps encore le souvenir.

La ville de Lyon paya aussi avec des bons, les dettes qu'elle avoit contractées pendant les deux invasions. Elle n'établit point de caisse d'amortissement, pour les retirer à la hausse ou à la baisse ; elle se borna à en fixer le remboursement d'une manière positive. Des taxes furent établies sur de simples prix de location, et l'exactitude qu'on mit à rembourser les bons au fur et à mesure de la rentrée de ces taxes, suffit bientôt pour les amener au pair.

S'il est évident qu'il importe infiniment à la France de se débarrasser promptement du fardeau de ses dettes, il ne l'est pas moins que les moyens proposés pour y parvenir, sont tout à la fois avantageux, faciles et sûrs.

Ces moyens sont avantageux :

Au peuple qui, sans payer une obole d'imposition de plus, apercevra, à la cessation de ses charges, un terme fixe et assez rapproché ; qui, assuré de voir ses dettes rapidement décroître, ne le sera pas moins d'obtenir déjà, au bout de dix ans, une diminution dans les impôts de cent millions à la fois, et, dans les années suivantes, des diminutions graduelles et successives, proportionnées à la décroissance des dettes ; qui enfin trouvera dans l'augmentation modérée de la masse du numéraire, de nouvelles sources de reproduction, un moyen de donner plus d'activité aux affaires et d'apporter, par conséquent, plus de facilités dans les transactions et dans l'acquittement des impôts.

Ces moyens sont avantageux :

Au gouvernement qui, on pourra le dire avec vérité, aura trouvé le secret de payer ses dettes avec rien ; car c'est bien réellement payer ses dettes avec rien, que d'employer à l'acquittement d'un capital, les sommes seulement qui servoient à en payer les intérêts. En effet, en abandonnant à la Banque cent millions à prendre annuellement sur ses impositions les plus fixes et les plus assurées, pour les employer au rachat des bons de rente, le gouvernement n'éprouve aucune perte, puisque, par là nouvelle application faite par la Banque de cette somme, il est dispensé de l'employer lui-même, soit à la dotation de la caisse d'amortissement, soit à des payemens d'intérêts, ainsi qu'il y étoit assujetti auparavant.

Devenu par une combinaison pareille, et d'après des lois et des règles invariables, maître de l'extinction de ses dettes, le gouvernement acquerra toute la stabilité, la force et la prépondérance qui lui sont nécessaires, et sans lesquelles il ne sauroit guères se flatter d'inspirer cette confiance, qui fait le fondement le plus solide de la sécurité et de la tranquillité des peuples.

Ces moyens sont avantageux :

Au commerce, qu'ils débarrasseront subitement d'une masse considérable de bons de rentes qui l'entrave, et auquel ils procureront en même temps, une augmentation fixe et permanente de numéraire qui le dispensera de recourir à ces papiers de circulation, dont tantôt l'excessive abondance, tantôt l'extrême rareté, nuisent tant à la fortune publique et aux fortunes particulières, par l'alternative des hausses et des baisses extraordinaires qu'elles occasionnent.

Ces moyens sont avantageux :

Aux capitalistes et rentiers qui, par l'acquisition de bons de rentes même à 80 pour cent, pourront, sans crainte de perdre la moindre partie de leur capital, s'assurer pendant de longues années encore, le placement de leur argent à raison de 6 $^1/_4$ pour cent par an;

Aux propriétaires des départemens de l'intérieur surtout, qui, par la facilité d'emprunter à un bas intérêt, pourront augmenter le produit de leurs propriétés par d'utiles améliorations, et se soustraire à l'usure qui les a dévorés jusqu'à ce jour.

Aux porteurs de bons de rente mêmes qui, ne pouvant les garder, auront au moins l'avantage de s'en défaire au prix de 80 pour cent;

Enfin à la Banque qui, méritant par la sagesse de ses institutions, par sa solidité bien reconnue, par la probité et la loyauté de ceux qui l'administrent, d'être chargée d'une opération aussi importante et aussi utile à l'Etat, trouvera, tant dans l'intérêt des fonds dont elle aura la jouissance gratuite, que dans le placement qu'elle pourra faire des siens propres en bons de rente à l'intérêt de 6 $^1/_4$, que dans le quart et le demi pour cent qui lui seront annuellement bonifiés par les propriétaires emprunteurs, qu'encore dans les défrayemens que le gouvernement pourra juger convenable de lui accorder, une compensation suffisante des bénéfices qu'elle a pu faire jusqu'à ce jour, et auxquels elle se verroit peut-être, par suite de ces nouvelles dispositions, obligée de renoncer.

Ces moyens sont faciles, puisqu'ils n'exigent aucune chose qu'on n'ait déjà en son pouvoir, et que tout le monde sera disposé à les adopter, puisqu'ils sont dans l'intérêt de chacun ; ils sont sûrs, puisqu'ils sont basés sur des calculs fixes et sur des valeurs invariables, et que ni les gouvernans ni les gouvernés ne peuvent jamais regretter d'avoir adopté des mesures qui remplissent les désirs les plus chers de tous les citoyens, qui leur promettent la facilité dans les transactions, le prompt acquittement de toutes les dettes (10), la diminution infaillible des impôts, le retour de l'abondance et de la prospérité. Qui voudroit, qui pourroit renoncer à leur entière exécution, tandis que cette exécution, une fois consentie par la volonté générale, ne sera plus sous l'influence d'aucune volonté particulière ?

Si quelques personnes s'écrient que c'est-là du *papier-monnoie* qu'on propose, on leur répondra que des écus faux ne sont pas meilleurs que le papier-monnoie dont elles se forgent l'idée ; mais que le papier dont il est ici question, ne ressemble pas plus à celui qu'elles réprouvent, qu'un écu vrai ne ressemble à un écu faux. Effectivement, un papier invariablement limité dans son émission, et dont la masse repose infailliblement soit sur une masse absolument égale, prise en première ligne et irrévocablement sur l'imposition foncière, dont dans aucun temps, même dans ceux des plus grands malheurs, la rentrée n'a jamais manqué de s'effectuer, soit par première hypothèque sur

____

(10) La dette soi-disant *flottante*, ainsi que quelques autres moins considérables, connues sous diverses dénominations, ayant été regardées, dans cet écrit, comme faisant partie de la dette générale, et devant, par conséquent, être liquidées comme elle, on a cru inutile d'en faire une mention particulière.

des propriétés de particuliers d'une valeur double, même triple de celle qu'ils servent à assurer, seroit-il moins bon que la lettre de change du négociant le plus solide, que l'obligation d'un riche propriétaire, que le billet de banque garanti plus encore par la moralité des administrateurs de la Banque, que par la somme d'argent qu'on dit être en caisse pour le représenter? non certainement. Si donc, pour produire les plus heureux effets, il ne faut que l'établissement d'un papier pareil qui inspire si peu de craintes et qui donne tant d'espérances, pourquoi serions-nous assez ennemis de nous-mêmes, pour le refuser?

Qu'importe le papier-monnoie, quand il est aussi bon que l'argent; quand celui qui a besoin de menue monnoie, en peut obtenir l'échange à bureau ouvert? Lorsque des mesures profitables à tout le monde, ne présentent aucunes difficultés, qu'elles sont sans danger comme sans inconvénient, on ne doit point balancer de les adopter.

Il n'existe que deux manières de traiter les affaires, au comptant ou à crédit: le comptant consiste dans l'échange immédiat de deux valeurs réelles qu'on regarde comme égales; le crédit, dans la remise d'une valeur réelle, contre la promesse qu'il en sera fourni une pareille en échange, dans un délai fixé. Chacun sait que l'unique moyen de constater cette promesse ou engagement, est le papier; mais si ce papier est tel qu'il assure infailliblement et exactement la valeur promise, avec la simple addition de la prime ou intérêt que la loi accorde pour le délai fixé, alors le papier est bon, et il y a véritablement crédit : si, au contraire, ce papier n'a pas un caractère fixe d'infaillibilité, s'il est dépendant des circonstances et des événemens, s'il exprime une valeur qui ne soit pas exactement celle contre laquelle il a été remis; s'il est surchargé de profits illégitimes ou d'intérêts illégaux, alors le papier est mauvais; alors il n'y a plus crédit, mais injustice, fraude, vol et brigandage.

La distinction de ces deux espèces de papiers est sans

doute bien facile, et si les particuliers se servent avec succès de celui qui est bon, pourquoi seroit-il refusé à la masse entière du peuple, de profiter des mêmes avantages.

Ici se renouvellera sans doute cette objection éternelle aux meilleurs raisonnemens : mais le gouvernement peut en abuser ! Croit-on donc que le gouvernement ne soit là, que pour abuser de tout ce qui est utile ? Est-ce ainsi qu'on se plairoit à rendre justice à celui auquel nous avons le bonheur d'obéir maintenant ? Les gouvernemens en général ne se déclarent point, dans le siècle actuel, indépendans des lois; et le nôtre n'auroit ni cet esprit de justice ni cette loyauté qui le caractérisent particulièrement, que, de sa propre autorité, il ne pourroit pas mieux rendre mauvais un papier qui seroit bon de sa nature et dont le peuple auroit, par l'organe de ses représentans, consenti l'émission, qu'il ne pourroit se créer des ressources par l'altération des espèces monnoyées ; qu'il ne pourroit changer la loi connue sous le nom de loi salique, qui règle les droits et l'ordre de succession au trône. L'abus le plus à craindre pour nous, existe déjà; c'est d'avoir annuellement au-delà de 250 millions d'intérêts à payer. La crainte d'un autre abus qui n'a rien de réel, ne doit pas nous faire passer légèrement sur celui qui nous coûte, lui seul, un milliard tous les quatre ans.

S'arrêteroit-on à la frivole objection qu'il seroit déloyal de la part de la France, de rembourser la majeure partie de ses bons de rente à 80 pour cent ? Non certainement ; on n'est point déloyal, quand on n'est point injuste. On sait que le salut public est la première loi : *Salus populi suprema lex esto* ; et quand il s'agit de mesures sur-tout qui inté-ressent le bonheur d'un peuple entier, il y a bien plus de justice à se régler d'après l'état réel des choses mêmes, que d'après des mots qui sont abusivement employés, pour indiquer un état de choses qui n'existe point. La valeur d'un bon de rente existe, non dans sa valeur nominale, mais dans sa valeur réelle; et il n'y a certainement point d'injustice à donner une valeur positive de 80 francs, pour un objet auquel la masse entière du public en accorde une de 66 francs seulement : il y a plutôt excès de générosité. On ne se piquoit point d'une aussi grande délicatesse, lorsque l'on donnoit en payement à ceux à qui l'on devoit, et contre leur volonté, au prix de cent francs, les mêmes bons qu'on vendoit en même temps d'un autre côté, à 62 francs à ceux à qui l'on ne devoit rien. Pense-t-on que des marchés de cette dernière espèce, n'étoient pas une reconnoissance positive que la dénomination des bons étoit loin d'indiquer leur valeur réelle ?

L'acheteur de bons à 62 francs, croyoit-il les voir arriver à 100 francs ? le croit-il mieux à présent ? Il est probable que non : quoi qu'il en soit, il est libre de choisir, et de rester créancier de l'Etat, ou de réaliser, après un si court espace de temps, le bénéfice considérable que lui assure son remboursement.

En acceptant donc un milliard de numéraire-papier de la nature de celui qu'on lui propose, la France ne perdra point ce milliard, puisque le remboursement en est assuré en valeurs indubitables et qui ne coûtent rien à trouver. Dans l'intervalle, elle paye son énorme dette presque sans efforts, et avec les sommes qui auroient à peine suffi à en payer les intérêts. Elle court ainsi une chance heureuse et certaine, qu'elle se procurera difficilement, sans doute, par d'autres moyens.

On a proposé d'excepter du remboursement projeté, 600 millions de bons, parce que l'on a imaginé qu'ils pourroient suffire aux demandes de ceux qui désireroient rester créanciers de l'Etat. Mais si l'expérience produisoit la conviction du contraire, il n'y auroit point d'inconvénient à en excepter pour 400 millions de plus.

www.ingramcontent.com/pod-product-compliance
Lightning Source LLC
Chambersburg PA
CBHW061149050726
47594CB00005B/2330